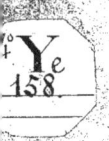
PRINCE ALEXANDRE BIBESCO

La

Question du Vers français

et la Tentative des Poètes Décadents

AVEC UNE LETTRE DE M. SULLY PRUDHOMME

TROISIÈME ÉDITION

PARIS

LIBRAIRIE G. FISCHBACHER

33, RUE DE SEINE, 33

La

Question du Vers français

et la Tentative des Poètes Décadents

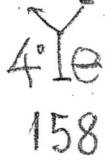

DU MÊME AUTEUR

La

Question du Vers français

PRINCE ALEXANDRE BIBESCO

La

Question du Vers français

et la Tentative des Poètes Décadents

AVEC UNE LETTRE DE M. SULLY PRUDHOMME

TROISIÈME ÉDITION

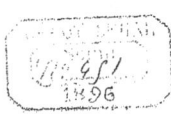

PARIS

LIBRAIRIE G. FISCHBACHER

33, RUE DE SEINE, 33

Monsieur le Prince,

'AI passé chez mon éditeur Lemerre pour
vous faire remettre un exemplaire d'une
plaquette où j'ai traité en partie cette
intéressante question du vers français qui
fait l'objet de votre remarquable Étude
publiée dans la Revue du Monde Latin.

Je vous remercie infiniment de la gracieuse pensée que vous
avez eue de m'en adresser un exemplaire et de la dédicace si
flatteuse que vous m'avez fait l'honneur d'écrire pour moi sur
la première page. Vous verrez dans ma plaquette, si vous avez

le loisir de la parcourir, à quel point nous sommes d'accord sur la témérité et l'inutilité des réformes que de récentes écoles projettent ou proposent d'apporter à la poétique traditionnelle de la France. Votre réfutation me semble topique et profonde; elle est, de plus, très agréable à lire par la justesse et la vivacité du style.

Veuillez agréer, Monsieur le Prince, l'expression de mes sentiments les plus dévoués et de ma haute considération.

SULLY PRUDHOMME.

Nanterre, 2 Avril 1893.

La

Question du Vers français

et la Tentative des Poètes Décadents

A propos des articles de MM. Jean Psichari, Revue Bleue *du 6 juin, et Anatole France,* Temps *du 30 août 1891.*

 N humoriste disait un jour :

« Ce qui caractérisera le dix-neuvième siècle aux yeux du vingtième, ce ne sera ni la Vapeur, ni l'Électricité, ni la Photographie, ce sera d'avoir été le siècle des Questions. »

Question d'Orient, Question d'Alsace-Lorraine ou de la Triple-Alliance, Question du Pouvoir Temporel ou du Home Rule, Question du Monométallisme ou du Phylloxéra, Question de la Protection ou du Libre-Échange, Question des Armées Permanentes et des Milices, Question de l'Académie Française ou Question du Latin : autant de problèmes, les uns contingents, les autres nécessaires, qui viennent tantôt diversifier, enrichir, orner, agrémenter, déranger la trame des connaissances, tantôt enrayer ou compromettre le cours des événements. Ce siècle est questionneur à rendre des points au fameux interrogant Bailli de Voltaire. Le caricaturiste qui voudra le symboliser imaginera, je suppose, un individu effaré, les poches bondées de livres et d'appareils perfectionnés, courant à perte de vue, haletant, l'œil au vent, et braquant sur ses narines un pince-nez colossal, ourlé sur chaque aile du nez, en point d'interrogation. L'esprit critique est comme la langue : bon ou mauvais à l'extrême. L'hypercriticisme, jaloux de la critique saine qui scrute et féconde, fouille à son tour, pour le plaisir unique d'embrouiller, ébranler et détruire. Après la Physique, après la Politique, après la Pédagogie, après l'Économie politique, il a fallu que la Grammaire, la Prosodie, la Métrique eussent leur tour. La vieille orthographe, le vieil alexandrin sont tenus pour suspects, voire pour prévenus, voire pour coupables. Traduits à la barre, sévèrement interrogés, ils s'entendent traiter d'êtres incapables, arriérés, de culottes-de-peau, de réactionnaires. Ils représentent des institutions surannées, vivant uniquement sur le passé. Leur faire l'honneur de la prison ou de la maison de correction, à ces fossiles? Y pensez-vous? Bons tout au plus pour le bocal ou le perchoir : on les plonge dans l'alcool ou on les empaille.

Beaucoup de ces Questions ne seront jamais tranchées que

par le glaive; les autres, quoiqu'elles ne fassent couler que des
flots d'encre, sont bien moins insignifiantes qu'elles ne parais-
sent : car de leur solution dépend parfois l'avenir même d'un
idiome. Bornons-nous aujourd'hui à l'examen du vers français
actuel et à la poétique soi-disant réformatrice des poètes
décadents; et tâchons, dans la modeste mesure de nos forces,
de délier ce nœud gordien, si nœud gordien il y a. C'est de
bonne guerre. Si les décadents ont le droit de proposer un
moule neuf à la poésie française, leurs adversaires ont le droit,
au moins aussi incontestable, de veiller à la garde du moule
ancien :

> Sifflez-moi poliment, je vous le rends, mes frères!

CHAPITRE I

A tentative de l'École de Monsieur Ver-
laine a d'abord pour défenseurs naturels
les membres de l'Église elle-même, qui
bataillent *pro domo suâ;* mais, ce qui est
plus piquant et ce qui pourrait sembler
plus inquiétant, les indépendants se mê-
lent de la partie et plaident en leur faveur.
Deux des maîtres de la critique contemporaine, bien qu'en
dehors du clan et du camp, deviennent les hérauts de cette
déclaration de guerre : M. Jean Psichari, dans la *Revue Bleue,*
M. Anatole France, dans le *Temps.*

Je n'ai guère l'envie de chicaner M. Anatole France sur son
préambule. J'examinerai plus tard la question de savoir si parmi
les poètes « ce sont ceux qui ont le plus innové qui repous-

sent les nouveautés avec le plus de colère et de dégoût. »
M. France est le critique charmeur par excellence. Il est bien
mieux que convaincant, il est attirant, ensorcelant, *emmiellant*.
Sa prose, nombreuse, fleurie, animée d'images justes et neuves,
a pour estampille la bienveillance la plus latitudinaire, pour
arme le sous-entendu. Elle sait sucrer de ses parfums les plus
subtils les bords de la coupe qui recèle les vérités les plus
désespérantes. Elle couvre de fleurs le serpent du paradoxe le
plus amer. Avec son chant et ses poses de sirène, elle endort
la logique, enchaîne le sens dialectique, pour aller droit à la
conquête de l'âme, de la sensation épurée, de l'imagination.
Aussi, quand M. A. France me vient assurer que les poètes
« font les plus belles choses du monde sans savoir précisément
ce qu'ils font, » — j'ai bien envie d'opiner du bonnet. Mais
pourquoi diable M. France va-t-il me chercher M. Francis
Vielé-Griffin comme exemple de poète théoricien? Pour
étayer ce qu'il regarde comme une exception à son principe,
que lui en coûtait-il de citer tout simplement Virgile et Dante?
Ignore-t-il que Virgile était, au moment d'aborder ses grands
ouvrages, un agriculteur, un botaniste, un vétérinaire, un mé-
decin, un archéologue, un géographe; que la pratique de toutes
ces sciences avaient beaucoup aiguisé ses facultés didactiques;
qu'il savait son Ennius par cœur, tout comme son Lucrèce; et,
partant, qu'en refondant l'hexamètre encore fruste de ses deux
grands devanciers pour lui donner sa forme définitive, il savait
fort bien ce qu'il faisait, en théoricien qui connaît, et en poète
qui invente? M. France ignore-t-il que Dante était dans le
même cas que l' « *anima cortese mantovana* » ainsi qu'il l'ap-
pelle? Dante avait fait à peu près le tour de la science con-

temporaine; il avait nagé dans la scolastique; la faculté d'er-
goter n'en aurait certes pas fait un poète; mais du dialecticien
à outrance pouvait jaillir un poète ardent et critique possédant
à froid tous les secrets de l'hendécasyllabe et ayant porté la
terzina toscane à son dernier degré de perfection : c'est ce
qui a eu lieu. Voilà donc deux des plus grands poètes de tous
les âges qui étaient tout aussi capables, de par la tournure de
leurs études, du moins, de « rechercher les lois historiques et
philosophiques de la versification » que M. Francis Vielé-
Griffin. Non, M. A. France n'ignore rien de tout cela, car c'est
une bibliothèque vivante; pourquoi donc nous oblige-t-il, nous
expose-t-il à lui rappeler ce qu'il sait si bien?

Jusqu'ici, M. A. France et moi, nous cheminions, que si que
mi, bras dessus bras dessous; me voilà obligé, à mon vif regret,
de prendre congé de lui, car ma *bifurcation* s'accentuera
d'autant plus que j'avancerai davantage.

M. A. France déclare la « versification française purement
empirique en beaucoup de ses parties ». Il retrace, en traits
rapides, la marche du vers depuis Rutebœuf jusqu'à la Renaissance; il dresse une petite statistique des divers mécanismes de
ce vers qui se sont succédé en se détruisant les uns les autres:
puis il s'arrête, consterné, quasi effaré au bout de cette course,
comme si le pied lui manquait, et le fil conducteur avec. Mais
comment M. A. France n'a-t-il pas aperçu que les faits qu'il
recueille, chemin faisant, vont justement à l'encontre de sa
thèse? Voyez plutôt. La *rime*, la grande nouveauté fondamen-
tale, germe déjà dans le *Dies iræ :* patience! L'oreille en prend
l'habitude, et quand le latin sera bien mort, cette rime mur-
murée par le père agonisant passera sur les lèvres balbutiantes

du fils. De même la *césure*, qui se montre dans des poèmes du dixième siècle, prend, elle aussi, droit de cité dans les vers. Vienne, avec une culture plus raffinée de l'oreille et des organes vocaux, le besoin d'accentuer certaines syllabes plus que d'autres, et l'*accent tonique*, qui correspond si admirablement au temps fort de la mesure musicale, sera un élément nouveau et précieux. Plaçons en tête de tous ces éléments le *nombre*[1] qui devait forcément apparaître et se développer sur les ruines de la *quantité antique*, et le vers français se trouvera constitué en ses parties essentielles bien avant la Renaissance. Qu'on constate là un travail de sélection progressif, intelligent, très intelligent, par lequel le vers français a saisi et persisté, après des crises passagères, à reprendre tous les sucs nourriciers, tous les facteurs indispensables à sa vie : cela est évident; qu'il y ait là une admirable application de la loi du progrès à la forme poétique, c'est probable; mais rien ne ressemble moins à l'empirisme, rien ne ressemble davantage au *système*, en prenant cet excellent vocable dans son acception primitive : un assemblage de parties destinées à constituer un tout.

L'empirisme est chaotique; le système est, par essence, ordonnateur. L'empirisme se compose d'un tohu-bohu de faits; les systèmes, de règles, lentement, harmonieusement adoptées. L'empirisme, vivant de disparates, tâtonne pour aboutir à des

---

[1] La litanie du *Dies iræ* ne me semble pas avoir assez appelé l'attention des historiens du Vers français. Elle pivote entièrement autour de trois principes : la *rime* la plus riche, la plus stridente répétée trois fois par strophe; la *coupe* au milieu de chaque octosyllabe, la coupe nouvelle qui a détrôné la césure; le *nombre* exact de huit syllabes par vers qui a détrôné la quantité. Le français n'existait pas au moment de la composition du *Dies iræ;* mais n'est-il pas évident que le vers français plonge ses racines les plus profondes dans ce vieux chant d'Église ?

monstruosités; le système sent, voit, dégage, s'assimile les éléments organiques et organisables, élimine les éléments réfrac-
taires. Et si le vers français, même au bout de quatre siècles,
reste encore debout; si malgré ses lacunes, ses défauts, ses
tares léguées forcément par le va-et-vient et les luttes de
l'époque d'incubation, ce vers demeure encore si intact en ses
parties essentielles, si vivace, tel quel, si riche, si tentant et si
méritant par ses pièges et ses difficultés mêmes, si bien moulé
pour les conceptions futures tout comme il l'a été pour les
idées passées, — c'est que, loin de marcher à l'aveuglette et de
trébucher en empirique, il a cheminé ferme en évolutionniste.
La seule différence entre les chantres des vieux âges et les
modernes, c'est que chez Homère, ou l'auteur des Niebelungen,
le système est inconscient; tandis qu'un Virgile, un Dante, un
Milton avaient pleine conscience, en maniant l'hexamètre, l'hendécasyllabe, le ïambique blanc, des effets produits et à produire. Et je n'examine pas, même en passant, si ces derniers
poètes, que les pédants d'Outre-Rhin dédaignent en faveur de
leurs grossières rhapsodies épiques, ne sont pas, pour le moins,
égaux aux vieux aèdes naïfs, fût-ce aux plus grands d'entre
ceux-ci.

CHAPITRE II

E ce qui précède se déduit forcément, comme un corollaire, ce qui suit :

M. A. France, négligeant les trois autres éléments essentiels, fondamentaux du vers français, voudrait n'en retenir que la *césure*. Il me représenterait volontiers un chirurgien qui, pour développer l'acuité d'un sens chez un malade, lui supprimerait ou lui atrophierait l'usage des quatre autres. Pourtant, toute l'histoire du vers français depuis quatre cents ans, tous les poètes, leur pratique constante, protestent avec une énergie unanime contre la *réparation* proposée par M. France. La *césure* (un humaniste n'aime guère, en français, ce mot qui ne s'accorde pas plus avec la césure antique que l'hexamètre dont

2

les Allemands se glorifient ne ressemble à l'hexamètre grec
ou latin ; mais passons), la *césure,* que le romantisme a assou-
plie et élargie en même temps que le *rejet,* est indispensable,
mais moins, certes, beaucoup moins que la rime ; et, n'en dé-
plaise à M. A. France, « un vers sans rime et sans un nombre
déterminé de syllabes » que lui, M. France, peut concevoir,
« n'ayant que la *seule césure* », — ce vers-là ne sera que de
la *prose cadencée,* plus ou moins bonne, tout bêtement, suivant qu'elle sera de M. Moréas ou non. M. France me remé-
morera-t-il quelques cas archi-isolés ? Baïf, je crois, puis, deux
cent cinquante ans après, le roi Louis de Hollande, essayant
d'apprendre le vers *blanc* à leur Muse ? Que M. France essaye
de relire leurs essais ; s'il est satisfait, il ne sera vraiment pas
difficile. M. France a-t-il oublié ce qu'a écrit sur la rime un
homme dont le bon sens spirituel atteignait le génie quand le
cynisme ou l'impiété ne l'égaraient pas, l'auteur du *Dictionnaire Philosophique ?* Qu'il prenne la peine de reméditer
l'article sur la *Rime ;* et, s'il n'est pas converti, il mourra dans
l'impénitence finale. Trop impatient pour être savant, trop
ardent pour savoir descendre minutieusement dans le menu
des choses, trop polémiste avant tout, Voltaire n'a pas épuisé,
loin de là, tous les arguments en faveur de la rime ; mais sa
défense n'en reste pas moins immortelle comme la rime, cette
redoutable séductrice, qui se vengera toujours harmonieusement sur ses détracteurs. En mettant de côté l'habitude, qui a
bien sa valeur comme argument psychologique, la rime se
prévaut, pour s'imposer, de deux besoins :

La faiblesse de l'accent tonique ;
La nécessité du rhythme.

La théorie de l'accent français nous paraît encore très incomplète. Il y aurait bien des choses à dire sur l'accent. Il faudrait montrer qu'il est plus varié qu'on ne le prétend généralement, et qu'il ne réside pas seulement sur la dernière (syllabe masculine; drapeau) et sur la pénultième (lampe, syllabe féminine), mais parfois, mais assez souvent sur l'antépénultième. Mais quoi qu'on pense de son allure, de ses déplacements, de ses variétés, une chose reste : c'est que l'accent français est faible, terne; tellement terne, monotone, qu'un éminent professeur s'est hasardé à dire un jour devant nous : « Le français n'a point d'accent! » Ainsi la *césure,* à laquelle M. France tient tant, a beau le mettre en relief, cet accent, soit dans l'alexandrin, soit dans le décasyllabe, le mettre à douze ou dix syllabes, serait, en raison de cette faiblesse phonétique de l'accent, toujours traînant, toujours languissant, sans ce coup de cloche final qui, en relevant les *sons* précédents, leur donne et la *personnalité* du *vers* et la pleine possession du *rythme.*

Le rythme étant — d'après une des meilleures définitions qui en aient été données — la succession symétrique de plusieurs coups ou battements, rien ne caractérisera mieux cette succession que l'alternance ou l'entre-croisement des rimes masculines ou féminines. La besogne plastique et acoustique indiquée par le nombre, affermie par la césure, continuée par les accents toniques, ou fixes, ou variables, avorterait piteusement sans la rime, qui la refond en la complétant. L'Anglais, l'Allemand, l'Italien peuvent écrire leurs épopées et leurs drames en vers blancs, précisément à cause de la vive résonance de leurs accents; cette intensité de l'*arsis* est telle, en allemand, que les Germains distinguent parfois en un même mot l'ac-

cent principal et l'accent secondaire (Hauptbetonung, Neben-
betonung); or, cette ressource manque au gosier français;
d'où découle la nécessité de se rattraper sur la rime des dé-
chets et de l'insuffisance acoustique des accents. La rime est,
littéralement, le porte-voix, le cornet acoustique dont le vers
se sert et sans lesquels il nous laisserait à moitié sourds.

De là l'importance progressive et absorbante qu'elle a prise;
de là, en dépit des exagérations inévitables, la nécessité esthétique de sa prépondérance. Notez bien que les dix-huit vingt-
tièmes de la poésie lyrique en Allemagne et en Angleterre
vivent sur la rime; que Faust, drame philosophique, — tout
comme Childe Harold, une tournée philosophique en vers, —
est, à part quelques pages, très richement rimé d'un bout à
l'autre, et qu'on serait fort mal venu à parler à un Anglais, à
un Allemand de l'insignifiance de la rime, ou de sa suppres-
sion. En poésie française, la rime, plus encore que dans toute
poésie moderne, représente, incarne donc la vie. Elle lui est
aussi indispensable que la couleur à la fleur, que la transpa-
rence à l'eau de roche, que la taille à un diamant; elle est plus
et mieux que son âme, puisque certains botanistes ont accordé
une âme à la plante : elle est, par excellence, la conscience
musicale et mentale du vers.

CHAPITRE III

A transition de M. Anatole France à
M. Jean Psichari est quelque peu brusque :
histoire de quelqu'un qui sauterait en
quelques heures d'un bassin de mûriers
et d'amandiers dans un climat de pâtu-
rages venteux, vigoureux, âpres; qui se
verrait subitement transporté de Drôme
en Cantal. M. A. France est un causeur nonchalant qui vous
dit ou semble vous dire : « Prenez-en, laissez-en »; c'est un
attique; M. J. Psichari est un dialecticien bardé d'arguments,
à cheval sur des citations, et entendant emporter la conviction
de haute lutte. Ce n'est pas sans peur que nous allons nous
mesurer avec un pareil adversaire, et essayer de lui rompre

en visière; mais la franchise de son jeu de combat dicte la franchise du nôtre; et nous procéderons directement, en allant à lui, et en prenant son taureau par les cornes.

« Une erreur généralement répandue dans le public et surtout chez les poètes, — écrit M. Psichari, — c'est qu'il y a en français aujourd'hui un vers de douze syllabes. Les vers de douze syllabes sont, au contraire, une rareté. »

Nous demandons la permission à M. J. Psichari de prendre exactement le contre-pied de son affirmation, qui contient toute une doctrine, et qui nous paraît radicalement fausse. Le point de départ de M. Psichari est une statistique. Sur deux cent cinquante-six vers dont se composent les *Pauvres Gens,* il n'en retient que quarante-cinq; sur cent soixante-dix-sept de la *Prière pour Tous,* il n'en garde que vingt-cinq; pourquoi? c'est que les alexandrins proscrits pullulent d'*e muets,* et que l'*e muet* n'étant pas prononcé, produit, à chaque instant, par son absence, des alexandrins boiteux et faux.

Nos objections, ou plutôt nos répliques à M. Psichari, sont les suivantes :

1º Les poètes doivent se sentir bien mal à l'aise : ce sont *surtout eux* qui se trompent, encore bien plus que le public. Ainsi Racine, Chénier, Musset, Lamartine, les poètes les plus, les mieux cadencés de la langue française, ont passé leur vie à se tromper, voire à tromper, à leurrer le public, en lui apprenant à goûter des mesures imparfaites, des rhythmes boiteux, des alexandrins faux! Ils doivent *joliment* gémir de leur erreur, de leur péché, dans ces Champs Élyséens où ils ne respirent que mélodie et lumière. Gageons que s'ils revenaient sur terre, ils publieraient une nouvelle édition de leurs œuvres, revue, corrigée, épurée sur les conseils des Décadents — et de leur savant porte-parole, M. Psichari...

2° M. Psichari veut être conséquent avec lui-même jusqu'au bout. Vous croyez qu'il fera grâce aux particules : *me, te, se, le, ne, que, se,* qui jouent un si grand rôle dans la poésie française. Les particules ne sont pourtant que des *demi*-muettes, quelque chose d'analogue aux désinences de tant de substantifs allemands. Muettes ou *mi-muettes* passent impitoyablement sous la hache de M. Psichari. *Quel carnage! quel bourreau!* Sur l'arbre du vers, dans cet abatage de bourgeons et de feuilles, le terrible bûcheron ne fait grâce qu'à un *e muet,* « celui, » dit-il, « qui doit se prononcer dans le seul cas où sa disparition amènerait la rencontre de trois consonnes. » Ainsi, le vers de Hugo :

> Ma fille, va prier. Vois, la nuit est venue,

doit se scander, suivant le système Psichari :

> Ma fill', va prier. Vois, la nuit est v'nue.

Ainsi encore, les quatre célèbres vers de la *Tristesse d'Olympio :*

> D'autres vont maintenant passer où nous passâmes,
> Nous y fûmes heureux; d'autres vont y venir,
> Et le songe charmant que révèrent nos âmes,
> Ils le continueront sans pouvoir le finir,

doivent, conformément à la règle Psichari, se scander ainsi :

> D'autr' vont maint'nant passer où nous passâmes,
> Nous y fum'-z heureux; d'autr' vont y v'nir,
> E' l' song' charmant q' révèr' nos âmes,
> Il' l' continuront sans pouvoir l' finir.

Je ferai remarquer à M. Psichari qu'il se contredit; car dans
« Ma *fill'* va prier », la disparition de l'*e* muet amène la rencontre de trois consonnes; car, aussi, dans « Est-c' toi, chère
Élise? » une rencontre similaire se produit. Pour donner à
son procédé de scansion une harmonie, une cohérence totale,
M. Psichari ferait bien de supprimer sa restriction, qui com-
promet sa méthode.

Remontons du romantique au classique et relisons, redécla-
mons, conformément à la règle Psichari, la prière d'Esther à
Assuérus :

> ... O Dieu! confonds l'audace et l'imposture!
> Ces Juifs, dont vous voulez délivrer la nature,
> Q' vous croyez, Seigneur, les derniers des humains,
> D'un' rich' contré-autrfois souvrains,
> Pendant qu'ils n'adoraient q' l' Dieu d' leurs pères,
> Ont vu bénir l' cours d' leurs destins prospères.
> C' Dieu, maître absolu d' la terr' et des cieux,
> N'est point tel q' l'erreur l' dépeint à vos yeux.
> L'Éternel est son nom, l' monde est son ouvrage,
> Il entend les soupirs d' l'humbl' qu'on outrage,
> Jug' tous les mortels avec d'égal' lois,
> Et du haut d' son trône interrog' les rois.

O Racine, oreille de métricien consommé, plume de poète
à la fois grand grammairien et grand écrivain, qu'eusses-tu dit
en entendant ton élève, Champmeslé, déclamer tes alexandrins

de la sorte? Et M. Psichari qui s'écrie avec une candeur mirifique : « Le fait sera tout d'abord nié par les poètes. » Les poètes sont peut-être les moins intéressés et les moins compétents en ce litige, qui sait!

3° Entrons à fond dans les couches didactiques de la question, dans son tuf. L'*e muet compte*, et *doit compter*, nécessairement, fatalement, indubitablement, en raison d'un phénomène supérieur, d'un phénomène souverain : c'est l'origine étymologique. Ces finales muettes, ces *e* peu sonores que M. Psichari écrase du talon de sa botte grammaticale comme de mauvaises herbes, ces *e muets,* qui le gênent partout, au cœur ou au bout de chaque vocable, ces désinences, si infimes, si modestes en apparence, font, en réalité, partie de la *vie intime du mot.* Tous les mots, ou presque tous les mots qui, en français, finissent par un *e muet,* sont dans ce cas.

Qu'on en ramasse au hasard dans cet énorme tas, on constatera que toujours, ou presque toujours, les désinences françaises correspondent à des désinences latines. La langue latine étant plus sonore que la langue française (de là, vraisemblablement, une sonorité plus grande conservée dans l'italien), la grande loi de l'altération phonétique venant par surcroît influencer cette dépression phonale des désinences françaises, le contact des phonèmes germaniques et de leurs innombrables demi-muettes s'ajoutant aux influences précédentes, — il en est résulté un débordement de finales muettes en français qui font prendre le change aux ignorants, que le peuple étrangle ou avale, mais que la culture conserve, que la Grammaire et le Dictionnaire, c'est-à-dire la Science, imposent, que la Littérature, c'est-à-dire la pratique unanime des grands écrivains,

3

consacre. *Personne, Lettre, Monde, Épître, Voyelle, Syllabe, Exemple, Mesure, Transmettre, Représente :* autant de termes dont la désinence a un passé, une forme, une histoire. Le vandalisme de l'argot, les anomalies, les corruptions de la pronociation familière ou populaire ont beau nuire à ce passé, la poésie est toujours là pour reconstituer l'état-civil du mot, perpétuer son intégrité, maintenir sa physionomie : c'est par là que, s'en doutant ou non, la poésie reste si glorieusement grammaticale et si intelligemment conservatrice.

L'instinct musical et grammatical a admirablement guidé en cela tous les grands poètes de la langue, sans la moindre exception, sans compter leurs disciples. Ils ont mieux que compris, mieux que calculé : ils ont senti, avec un tact infaillible, unanime, — quoique, bien certainement, dès la Renaissance, les *e muets* fussent atténués ou escamotés par la prononciation vulgaire, — que ne pas tenir compte, dans la supputation métrique, de la personnalité des *e muets,* c'est pis encore que violenter le vers; ce serait (car enfin il faudrait, dans ce massacre, se montrer conséquent) défigurer la structure intérieure ou terminale d'une quantité de mots, et, en dernier résultat, mutiler la langue.

4° S'apercevant des énormités où pourrait aboutir son point de départ, M. J. Psichari s'arrête un moment et se ravise. Il consent à tenir compte d'un autre élément. Il recommande « la recherche des lois d'après lesquelles la compensation de la mesure absente serait obtenue tantôt par le silence, tantôt par l'allongement de la voyelle qui précède ».

Franchement, nous ne comprenons pas que M. Psichari se batte les flancs à la recherche d'une loi introuvable, et nous le comprenons d'autant moins que M. Psichari est un poète distingué et en possession de tous les procédés de l'école vraie.

A la place de la loi qu'il recommande à nos investigations, en voici une qui est loin d'être aussi énigmatique : c'est tout simplement la nécessité de respecter la syllabe muette (au commencement, au milieu, à la fin du mot), de la laisser vivre, de ne pas lui tordre le cou, de la prononcer, en définitive. Seulement, cette nécessité se présente de deux manières : Ou l'*e muet* prendra parfois la valeur d'une voyelle, il sera indépendant parce qu'il sera l'âme du sens. Exemples :

> *Je le* veux. Mon vouloir doit servir de raison.

Ou il sera subordonné et dépendant. Exemple :

> Le jour n'est pas plus pur que le fond de mon cœur.

L'exemple suivant présente un mélange, ou plutôt une juxtaposition heureuse des deux types.

> Et le songe charmant que révèrent nos âmes,
> Ils le continueront sans pouvoir le finir.

Dans le premier de ces deux vers, les trois muettes sont, alternativement, des *enclitiques* ou des *proclitiques*, c'est-à-dire des syllabes *faibles* s'appuyant sur les fortes qui précèdent ou celles qui suivent; dans le second, la muette se suffit et domine. J'ai bien dit : des syllabes *faibles*, oui; mais il y a un abîme entre cette syllabe *faible* et la syllabe *zéro* de M. Psichari, de même qu'en musique il y a un *abîme entre la note jouée ou chantée pianissimo* et un *soupir*. Que l'on vienne dire que le nombre des muettes *proclitiques* et *enclitiques* soit, dans le vers, infiniment plus grand que celui des muettes se suffisant et comptant par elles-mêmes, cela est certain; mais cela ne milite point contre notre doctrine : confondre la syllabe muette

'
Oui, je viens

avec la syllabe avalée par l'élision

Dans son templ ('e) adorer l'Éternel

choquera autant le métricien que la confusion entre le *soupir* et le *pianissimo* choquera le compositeur.

En cherchant à compenser les muettes par des « silences, des allongements »; en parlant « *quantité* de voyelle qui précède l'*e muet* », M. Psichari court après un mirage qui éblouira les décadents, mais ne dépouillera point de leur claire vision les traditionnels. Il n'y a point de syllabes longues ni brèves en français, et cela par une raison bien simple, c'est qu'en français, *L'ACCENT A TUÉ LA QUANTITÉ*[1]. Les

---

[1] Les deux hémistiches cités par M. Psichari

Dans un site charmant,

et

Les eaux vives, filtrant,

n'ont rien de probant. Qu'il abrège tant qu'il voudra l'*i* de *site*, qu'il allonge tant qu'il voudra l'*i* de *vives*, l'un comme l'autre *i* ne compteront *jamais* que pour *une* seule et unique syllabe dans le vers français. Le principe fondamental du vers grec et latin : « *Une longue vaut deux brèves* » s'est totalement évanoui chez les modernes.

homonymes *patte* et *pâte, lie* et *lit, sotte* et *saute,* et un bon
nombre d'analogues, ne sont que des exemples isolés, qui n'em-
pêchent pas la tentative de Becq de Fouquières (le Vers Français ramené au Vers Latin) d'être un avortement. Il n'y a point,
non plus, « de musique de *douze mesures* », comme le voudrait M. Psichari; il y a, ce qui est différent, la musique des
douze temps, séparés en groupes ou de quatre *mesures,* suivant
le système classique, ou, suivant le système romantique, de
quatre, trois, parfois de deux *mesures.* Chez les romantiques,
ces groupes, de quatre, de trois, ou, plus rarement, de deux
mesures subdivisées chacune en un nombre variable de temps
syllabiques atones ou accentuées, présentent des exemples in-
téressants. Hugo nous fournira quelques types fort beaux de
ces coupes :

A. — *Groupe de Trois Mesures, chacune de Quatre Temps
syllabiques :*

J'ai vu Sforza, / j'ai vu Borgia, / j'ai vu Luther.

B. — *Groupe de Trois Mesures, la Ire de Quatre, la IIme de
Deux, la IIIme de Six Temps syllabiques :*

Marchaient pensifs, / la glace / à leur moustache grise.

C. — *Groupe de Deux Mesures, la Ire de Huit Temps, la
IIme de Quatre Temps syllabiques :*

Et chacun se sentant mourir, / on était seul.

La division des *douze mesures* entraînerait forcément la pose
de douze accents, un sur chaque mot.

D'après M. Psichari, il faudrait, par exemple, scander ainsi

l'alexandrin suivant, composé exclusivement de syllabes *pleines*
(le *seul* vers *vrai* à douze syllabes, suivant M. Psichari) :

Des bords du Tanaïs au sommet du Cédar;

tandis que la méthode traditionnelle et musicale, procédant par
groupes de syllabes fortement et faiblement accentuées, scande :

Des bords du Tanaïs au sommet du Cédar.

Je laisse au lecteur le plaisir de choisir entre ces deux normes,
le vers à semelles de plomb, et le vers ailé.

5° M. J. Psichari observe que les « vers à rime *féminine* ont,
à l'origine, *treize* syllabes ». Voilà une remarque excellente en
soi, mais dont la prévention outrée de M. Psichari contre l'*e
muet* l'empêche de tirer parti. Plutôt que d'étudier la forme
et la valeur de sa perle, il la laisse retomber dans l'océan des
insanités décadentes.

Il aurait dû voir que ces vers à désinence *féminine* non seulement ont été, non seulement sont, mais *doivent continuer* à
être des vers de *treize* syllabes; que cette alternance à peine
notée, mal comprise par les métriciens, — et qui existe très
exactement dans les rimes allemandes[1] aussi bien que dans les
rimes françaises, — correspond à un besoin intime, irrésistible
de notre oreille; que, de l'aveu même de M. Psichari, « le pho-
nomètre de l'abbé Rousselot enregistrerait certainement les
variations d'un vers à l'autre et nous montrerait que nous gar-

---

[1] Les exemples abondent dans toute la poésie allemande. Je renvoie les initiés au
Lied von der Glocke, de Schiller.

dons toujours le vers de treize syllabes » ; que le secret de ce
besoin se placerait ainsi dans la physiologie, parmi les fonctions
les plus élevées du cerveau.

Ce besoin, loin d'être, comme le prononce M. Psichari,
« une nuance légère, destinée à se perdre facilement », dépend
probablement de la grande loi de l'*Intermittence*[1] qui régit
toute la nature animée, et qui embrasse le *Rhythme*. Si le public
(nous vérifierons la justesse de l'assertion tout de suite) ne la
pratique plus, cette soi-disant « nuance », les poètes la prati-
quent toujours ; oui, les poètes, ces rétrogrades — avec rime
et raison, — voient dans cette alternance de la rime féminine,
treizième, avec la rime masculine douzième, une condition
indispensable du vers ; ils regrettent, ces poètes, que la rou-
tine des métriciens ait tellement négligé cette alternance aussi
vitale, aussi viable aujourd'hui que par le passé. Or, si ladite
alternance reste, en vertu d'un besoin d'acoustique et d'eu-
rhythmie absolument nécessaire à la fin du vers, il n'y a aucune
raison — puisque au fond c'est toujours l'*e muet* qui est sur la
sellette — pour n'en pas tenir compte au début ou au milieu.

Mais il y a plus. « Le public ne connaît plus, affirme
M. Psichari, la nuance de la rime féminine, treizième syllabe,
ou de l'e muet. » Qu'est-ce que M. Psichari entend par public ?
Pour ma part, je connais, *in globo,* quatorze ou quinze millions de Français qui prononcent, comme un seul homme et
fortement, tous les *e* muets au milieu et à la fin des mots, au
milieu et à la fin des vers. Ce sont tous les Dauphinois, tous

---

[1] Je définirais volontiers *l'Intermittence :* la succession d'un ou plusieurs bruits,
d'un ou plusieurs sons, d'un ou plusieurs mouvements, ou groupes de sons ou mouvements séparés par un repos.

les Provençaux, tous les Languedociens, tous les Gascons, et même, proh pudor! quelques Auvergnats. « Charabia dialectal! » s'écriera sans doute mon éminent adversaire. Pourquoi ce cri de dédain lancé par vingt ou vingt-un millions de bouches parlant *l'oïl*, à quinze ou seize millions de lèvres parlant *l'oc?* L'oïl est-il autre chose qu'un pur dialecte primitif, que le seul hasard, la chance d'être parlé par l'Ile de France, par Paris, par les Capétiens, a érigé en dialecte conquérant, dominateur, et s'imposant, petit à petit, par la force à tout le pays comme idiome national? D'ailleurs la prononciation de l'oc est-elle si choquante, si dénaturante? Plus voisins de l'Italie et de l'Espagne que leurs frères du nord et du centre, ne possédant que des demi-muettes, à l'instar de leurs frères du sud, ils éprouvent le besoin d'élever davantage la voix sur les syllabes faibles de leur dialecte qui n'a que des demi-muettes, et ils transportent leur prononciation sur les muettes françaises. Et ils ont doublement raison au fond : car leur procédé a l'avantage d'une sonorité plus grande et d'une fidélité bien plus stricte aux lois de l'étymologie. Entre un méridional cultivé et un décadent récitant l'alexandrin classique, pour ma part, je n'hésiterais pas. Le premier n'aurait que le tort de trop accentuer la mesure, mais le second commettrait le crime de l'estropier. Et pour en finir avec cette réhabilitation phonétique de l'oc, M. Psichari a-t-il songé à l'arme terrible que les méridionaux ont toujours dans leur arsenal? A-t-il jamais examiné les règles de la *prosodie musicale?* Ces règles, jusqu'ici immuables, donnent aux *e muets* une place si prépondérante, que ces finales correspondent chacune non seulement *toujours* à une note, mais souvent même au *temps fort* de la mesure. Dans ce merveilleux *Guillaume Tell,* dont un certain Berlioz détaillait une fois, avec enthousiasme, devant moi, la beauté et la correction *prosodique,* je prie M. Psichari d'aller écouter un jour, à l'Opéra, le célèbre duo du 1ᵉʳ acte :

> O Mathilde, idolᴇ de mon âmᴇ,
> Il faut donc vaincrᴇ ma flammᴇ !
> O ma patriᴇ !... etc.

Il voudra bien remarquer que non seulement toutes les muettes sont chantées, sans exception, mais que l'*e* muet final de *flamme* forme le temps *fort* de l'une des mesures. Que si M. Psichari m'objecte que les paroles de MM. de Jouy et Bis sont des vers de mirliton, je lui répliquerai que Niedermeyer et M. Benjamin Godard ont mis en musique, l'un *Le Lac,* l'autre *Jocelyn,* qui ne sont pas tout à fait des vers de mirliton, et que tous deux, à l'exemple de tous les compositeurs français passés et présents, ont suivi la règle prosodique religieusement respectée par Rossini[1].

N'est-il pas piquant de voir les parlants du pays d'*oc,* chassés de la scansion du vers français par les verges de M. Psichari, y rentrer victorieux par la porte de la prosodie musicale et du chant ?

[1] D'une lettre concernant notre travail, et où M. Frédéric Mistral apprécie avec une flatteuse sympathie nos théories, nous extrayons le passage suivant : « Quant à la néfaste entreprise de retrancher l'*e muet* de la prosodie soit musicale, soit poétique de la France, elle verra certainement protester à l'unanimité contre elle, non seulement quinze millions de Français du Midi, mais la plupart des lettrés et savants du Nord. »
Nos lecteurs n'ignorent pas que Mistral est non seulement un des premiers épiques de tous les temps, mais un des plus savants linguistes et lexicographes du pays d'oc.

CHAPITRE IV

ONSIEUR PSICHARI aime à en appeler
à l'usage, surtout à l'usage courant, jour-
nalier. « On n'a qu'à suivre la représen-
tation d'un drame au Théâtre-Français,
dit-il, pour s'apercevoir que la préoccu-
pation de l'allongement ou du silence
(lisez : de l'*e* muet) cesse brusquement,
et que l'on *déclame comme l'on parle.* »

M. Francisque Sarcey est du même avis. Il se plaint continuellement de ce qu'aux Français la diction se gâte (lisez : que
les syllabes fortes ou faibles ne gardent pas leur valeur), surtout dans la bouche des débutants. Seulement, voyez la différence : M. Sarcey proteste avec toute la rectitude de son goût
et toute la rage de son bon sens; M. Psichari tâte le pouls,

diagnostique le mal, et pronostique, non sans satisfaction, qu'il n'y a point de remède.

Allons donc! Décidez donc tout simplement que si les professeurs, ceux du Conservatoire ou autres, continuent à être excellents, les élèves sont souvent paresseux, négligents, peu studieux, oublieux de ce qu'ils ont appris, et que s'ils déclament comme ils parlent, c'est que cela leur rend la besogne plus facile et l'effort moindre.

Il ne s'agit point de prononcer :

— Ma filleu, va prier;

(cette indication est fort inexacte, et M. Psichari triomphe de ce que le français n'a pas, malheureusement, de *notation écrite* pour son *e muet*); il faut adopter quelque chose de très approchant du *parce que,* qui ne peut s'indiquer que de vive voix. On dira :

Ma fillᴇ, va prier. Vois, la nuit est vᴇnue.

On ne prononcera jamais *v'nue,* barbarisme d'autant plus choquant que dans la conversation on dit et on répète couramment : « Ces enfants sont d'une superbe vᴇnue[1]. »

---

[1] En y regardant de bien près et en inspectant à la loupe les muettes mêmes du *langage parlé,* il est facile de constater que M. J. Psichari en exagère beaucoup le nombre pour le besoin de sa cause.

On entend dire chaque jour et continuellement, par des gens à moitié cultivés et nullement poètes :

Unᴇ lettrᴇ dᴇ change. — Un rᴇvᴇnant. — Couvrᴇ-toi donc. — Qu'est-ce quᴇ cᴇla ? — Rᴇssouvᴇnez-vous. — Rappᴇlez-vous. — Nᴇ rᴇtournᴇras-tu pas dᴇmain ?

On peut multiplier ces exemples par milliers. Les finales *ie, ance, ence, ent,* sont beaucoup plus faibles; mais le nombre des muettes prononcées couramment n'en reste pas moins considérable.

Nos souvenirs personnels — comme habitué de la maison de Molière — remontent à plus de trente ans. Nous avons beaucoup entendu Samson, Provost, Leroux, Maillart, Regnier, Suzanne et Madeleine Brohan, Mesdames Judith, Fix; nous avons entendu, applaudi des centaines de fois, MM. Got, Delaunay, Coquelin, Mounet-Sully, Sarah Bernhardt, Bartet, Reichemberg : partout, sans cesse, sur ces lèvres d'artistes, nous avons retrouvé la scansion traditionnelle que nous défendons. Madame Arnould Plessy forçait même (sans doute par instinct de la treizième syllabe) l'*e* muet sur des fins d'alexandrins, comme : ravie, harmonie, gémonies. Je me demande comment Talma, Mars, Rachel, les trois sommets de l'art théâtral français, eussent accueilli des *alexandrins* dans le goût de ceux-ci :

> Calme à travers ces sortes de guerres civiles
> (Verlaine);

ou des alexandrins comme ceux-ci :

> Tu files à ton rou/et le triste écheveau...
> Des mortes douces qui moururent là chaque soir
> (H. de Régnier);

ou des suppressions comme celles-ci :

> Et les doux mots dont ell' sut me prier
> (Moréas);

> N'embaum' plus la verveine,
> C'est l' printemps
> (J. Laforgue);

ou des vers de dix-huit syllabes comme :

> Vibre au soir rose et bleu d'un silence de danses lassées
> (H. DE RÉGNIER).

Talma avait été un politicien ardent; il était peu endurant. Le Parnasse de MM. Moréas, Régnier, Kahn, Mæterlinck, Vielé-Griffin, Laforgue, se présentant cavalièrement devant lui, avec sa pile de nouveautés, aurait été reçu ainsi : « Les poésies, au feu! les poètes, à la porte — ou par la fenêtre! »

Avec quel bonheur, au contraire, quelle joie pénétrante des sens et du cœur, avons-nous entendu dire, jadis, par Delaunay et Favart, naguère, par Mounet-Sully et Bartet, *La Nuit d'Octobre!*

> C'est une dure loi, mais une loi suprême,
> Qu'il nous faut du malheur recevoir le baptême...
> ... La joie a pour symbole une plante brisée,
> Humide encor de pluie et couverte de fleurs.

Après cela, madame Reichemberg qui déclame comme une déesse :

> Regrettez-vous le temps où le ciel sur la terre
> Marchait et respirait en un peuple de Dieux?

Madame Reichemberg ne se gênera pas pour dire à sa cuisinière :

« Ne r'grettez-vous pas les compt' fous qui sont su' l'Agenda? »

Elle demandera à sa femme de chambre :

« Comment s' port' vot' jeun' sœur? Pauv' p'tite! »

Rien de plus naturel ni de plus légitime. Homme ou femme, le saut du lit nous trouve dépeignés, débraillés même; artistes, la toilette et la parure s'imposent à nous, non comme une élégance, mais comme une loi.

CHAPITRE V

 INSI donc, M. Psichari est un linguiste démocrate; il aime à faire sa cour à la prononciation publique et courante, qui est souvent si mauvaise. Lui plairait-il d'essayer d'avoir l'oreille d'un aristocrate de l'art qui était en même temps un homme du métier consommé, quelque chose comme un roi, maniant la truelle et le rabot? La proposition n'a pas de quoi molester ou ennuyer M. Psichari; il s'agit de fréquenter chez un des plus grands poètes de ce siècle et de tous les temps; il s'agit de celui qui a été le maître « du divin maître Leconte de Lisle », j'ai nommé Victor Hugo.

Je me suppose en 1870 ou 1871. C'est — sans conteste

— le point culminant de Hugo; il a soixante-sept ans. Il va, fatalement, déchoir; mais il bat encore son plein. Il est encore à ce point du faîte, à cette période de l'automne, où l'on peut encore, par un suprême effort du génie et du vouloir, rappeler, ressusciter la sève du printemps. Nous sommes censés lui avoir remis chacun notre plaidoyer; nous venons recueillir son verdict. Hugo, qui nous a reçus avec l'aménité que tout le monde a connue, s'adresse à M. Jean Psichari, en ces termes :

« Je regrette de ne pouvoir être de votre avis, et je le regrette d'autant plus que je n'ignore point votre culte pour moi; mais ni vos théories d'ensemble, ni vos vues de détail ne m'ont converti. Vous vous trompez en affirmant que *toutes* les révolutions, en littérature, se sont *accomplies au nom de la grammaire*. Chef de la Grande Révolution Romantique, je vous prie de relire ma préface de Cromwell : je m'y occupe, certes, du vers dramatique en particulier et de la versification française en général; je les ramène à des règles qui se sont érigées en lois; nonobstant, ce qui domine dans cet écrit, c'est la réhabilitation de l'art du moyen-âge, c'est la mise en relief du grotesque et de son rôle dans l'art; c'est l'esthétique et l'archéologie, beaucoup plus que la grammaire. Ce que je voulais, c'était avant tout détruire les unités, les confidents, jeter le torrent inépuisable de l'histoire dans le drame, introduire la couleur locale, combiner le rire et les larmes, bref, mettre le marteau sur toutes les parties vermoulues du vieil édifice littéraire. Enthousiaste du beau sous toutes ses formes, j'ai proclamé, dans ma préface, *Athalie* prodigieuse, mais j'ai conspué les pseudo-classiques. La forme m'a beaucoup occupé, mais moins, parce qu'ici la révolution n'étant pas possible, la réforme suffisait. J'ai su par cœur, dès ma plus tendre jeunesse, nos plus vieux poètes. J'ai lu et relu le Roman de la Rose, cette insipide rhapsodie de Lorris. J'étais plein, pénétré, débordant d'Alain Chartier, de Remy Belleau, de Ronsard surtout, de toute la Pléiade. C'est en respirant leur air, c'est en soupirant leur musique, c'est en battant leur mesure, que j'ai élargi et varié les coupes de l'alexandrin, multiplié les rejets, enrichi infiniment les rimes, remis en honneur de vieux mètres, de vieux rhythmes, rajeuni du tout au tout la versification.

« Pourquoi n'ai-je pas consenti à écrire le vers de quatorze syllabes? Pourquoi ai-je toujours pieusement respecté la personnalité de l'*e* muet, les cas d'élision exceptés? Pourquoi donc? *Aurais-je eu peur de me* singulariser? *Aurais-je redouté un haro sur moi, moi, non* le chef, mais l'autocrate de l'école, moi qui menais au doigt et à l'œil officiers et soldats, moi qui n'avais qu'à faire signe pour les entraîner, moi qui ne me heurtais qu'à une opposition surannée, dégénérée, imbécile? Ah! voilà. Le chef d'une Révolution, qu'elle soit ou politique ou littéraire, doit savoir diriger et contenir la foule, et pour cela il doit commencer par savoir se diriger et *contenir* soi-même. Je me suis permis beaucoup de libertés, même grandes; quand j'ai versé, par exception, dans la licence, j'ai eu tort. Et si j'ai refusé d'arborer le drapeau décadent soixante ans avant vos clients, Monsieur Psichari, si je n'ai pas consenti à revenir, non aux *lois,* mais aux *règles* encore rudimentaires et grossières du vieil alexandrin, vous comprenez de reste que la *peur du neuf* ne pouvait être le fait d'un Chef d'École. J'y ai été déterminé par deux motifs bien simples :

« La première, c'est que le vers français a des nécessités organiques, des lois essentielles qui courbent sous leur niveau, tout, y compris la prononciation courante;

« La seconde, c'est que le vers décadent, qui n'a pas même le mérite d'une nouveauté, n'est qu'un RECUL de trois à quatre siècles vers la période inchoative, rudimentaire, barbare du vers français. En se subordonnant à la prononciation vulgaire, il annule trois cents ans d'efforts, il abdique, il ne devient que de la simple PROSE.

« Je reste un révolutionnaire libéral. Libre à vous, Messieurs les Décadents, de vous draper dans les plis du drapeau de l'anarchie. »

CHAPITRE VI

ANS l'immense Sahara de la poésie déca-
dente, Sahara absolu, où même le soleil
ne paraît pas, où l'infécondité du sol n'a
d'égale que l'obscurité du ciel et le pouvoir asphyxiant de l'atmosphère, on sur-
prend néanmoins, par çi, par là, quelques oasis intéressantes. J'ai déjà parlé
du vers de *treize* syllabes : seulement M. de Régnier la trou-
vant trop rebattue, cette treizième féminine au bout du vers,
la reporte à l'intérieur. Ainsi :

> Vers la terre, là-bas efflorescente et merveilleuse,
> Où mène la rage du nouveau et du singulier!

Venons à l'*hiatus*. C'est là, évidemment, un point faible de
la versification française ; et il est bien regrettable que Victor
Hugo, avec sa science, sa hardiesse inspiratrice, son goût large,
n'ait pas pris l'initiative d'une réforme qui eût de prime-abord
coupé l'herbe sous les pieds aux novateurs sans horizon et sans
talent. Il y a, en cette matière, mainte contradiction, mainte
convention, mainte obscurité. J'ai noté *çà et là* dans *Namouna ;*
pourquoi *çà et là* ne rendrait-il pas légitime *il y a, il y eut ?*
L'hiatus intérieur nous paraît indiscutable dans *voluptueux,
victuaille, confiance, inquiet, délicieux,* beaucoup moins parce
qu'il subsiste dans le langage courant que par le rappel étymologique ; mais pourquoi, dans certains hiatus, le mot est-il
dissyllabe, dans d'autres trisyllabe ? Pourquoi scande-t-on *pa-lier*
et *dé-li-er ? Lion* est dissyllabe à juste titre ; pourquoi *Lyon,* ville,
est-il monosyllabe ? *Il y a* ne choquant pas, on ne voit pas ce
que *ni-a, ni-elle* aurait de bien blessant pour l'ouïe. Seulement
il y a bien des précautions à prendre ; il faudrait ne point
argumenter *à pari,* et ne point confondre le hiatus *interne* et
le hiatus *externe* du mot, deux domaines foncièrement séparés.
Le mot est un composé organique, donc sacré ; il faut accepter
ses parties composantes *intérieurement,* telles qu'elles sont, les
rencontres de consonnes, comme celles de voyelles, et, pour
les mieux prononcer, se reporter à leur origine. Au contraire,
les mots mis une fois en contact, l'incertitude commence là
où la prose finit. Je ne consens pas à regarder comme des
hiatus : pens*ée* errante, monn*aie* en or, parce que j'y vois une
treizième syllabe sur laquelle on devrait appuyer beaucoup
plus, et un souvenir de *pensata, moneta ;* mais j'avoue que si
l'on ne s'accrochait pas à la barre ferme de l'étymologie, l'on

risquerait fort de glisser, sur une pente à pic, dans un précipice, et de répéter (en se fondant sur l'analogue : *tohu bohu'* avec un décadent) :

Et il a BEAU EU faire, BEAU EU recommencer!

Revenons à la rime. Nous avons beaucoup parlé de cette Déesse, qui est le sourire et la flamme de toute la poésie moderne. Il ne nous coûte pas d'y revenir, quoique provoqué par les prétentions aussi antigrammaticales qu'antipoétiques des décadents.

L'assonance! Vous l'entendez bien? c'est l'assonance, le coup de massue avec lequel ces messieurs se proposent d'assommer la rime. Mais, bon Dieu! réfléchissez-y donc un peu, qu'est-ce que l'assonance? c'est la répétition d'une même syllabe, et, plus exactement, d'une même lettre au commencement d'une série de mots. C'est, pour être tout à fait exact, une même lettre, une même syllabe répétée soit à la tête ou au milieu de mots successifs, soit à la tête ou au milieu du vers. C'est la rime partout, sauf à la fin du vers, une forme embryonnaire particulièrement cultivée des vieux bardes germains. C'est donc une *marche,* un *pas fait vers la rime.* Mais maintenant que la rime a fait ses preuves par les myriades de chefs-d'œuvre qu'elle a produits, comment ne comprend-on pas que l'assonance n'est plus qu'un ornement inutile, un procédé usé, une superfétation, un misérable cliquetis de mots? L'épopée des Niebelungen regorge d'assonances pures, d'assonances par syllabes initiales : j'y renvoie les décadents familiers avec le alt-hoch-deutsch, et je ne leur envie pas leur plaisir. L'assonance a disparu dans la rime, comme l'aurore s'évanouit dans le soleil levant.

Quant à l'accouplement *vainqueur* et *cœur*, je me demande, — ce qu'on se croit le droit de lui reprocher, — surtout lorsqu'on n'a pas honte, ainsi que MM. Verlaine et Jules Laforgue, de faire rimer *pare* et *départ*, *prise* et *suffisent*, *onde* et *inondent*, *lampes* et *lentes*. Que m'importe la banalité? Je n'hésiterais pas entre un chant distingué et un chant vulgaire; mais je préférerais toujours une mélodie, fût-elle banale, à l'absence totale de mélodie : plutôt quelque chose que rien. (Je pourrais emprunter des exemples frappants à la musique.) « Entre deux pensées qui n'ont qu'un rapport lointain, vague, une simple assonance suffit à marquer le rappel, » remarque avec finesse M. Psichari. Mais comment M. Psichari ne sent-il pas que plus le rapport des idées ou images sera lointain, plus les deux sons *voudront* se *rapprocher*, se confondre, et que de ces deux phénomènes juxtaposés : dislocation de deux idées, homophonie de deux sons, résulte un contraste qui constitue la beauté suprême de la rime, un contraste dont l'assonance ne fournira jamais qu'un pâle écho? Voyez l'effet que peuvent produire des rimes comme : *terre* — *panthère;* — *répond* — *pont;* — *ravie* — *vie*. — Rappelez-vous le *Bonaparte* de Lamartine :

> Ici-gît!... point de nom! demandez à la *terre!*
> Ce nom, il est inscrit en sanglant *caractère*
> Des bords du Tanaïs au sommet du Cédar...

Il est vrai que pour sortir et pour saisir tout cela, il ne faut « que l'oreille du poète, seule compétente », dit très justement M. Psichari. — Nous constatons, expérience faite, que l'oreille, cet Alpha et cet Oméga de toute poésie, de toute versification, a manqué, manque et manquera toujours à Messieurs les poètes décadents.

CHAPITRE VII

A genèse de la plaidoirie de M. J. Psichari est simple; elle ne se masque en aucune façon, car le caractère de sa critique est la sincérité, une sincérité absolue, et qui ne recule devant aucune conséquence du système. Je définirais volontiers le système de M. Psichari : « Le Phonétisme à outrance ». Et en effet, soutenir « que les mots n'existent pas par eux-mêmes; qu'ils ne se distinguent que dans l'écriture; que dans le langage courant ils forment un ensemble compact coupé par des repos qui dépendent rarement de leur graphie (page 726); » affirmer... — « ... que nous avons peine à renoncer à l'illusion que nous parlons comme nous écrivons (page 723), » — qu'est-ce cela, sinon dire : « La prononciation

est et doit être la régulatrice de la graphie, de la scansion, de la versification » ? Et quel sera le résultat fatal et prochain, si l'on donne raison à M. Psichari ? C'est que l'on devra écrire les vers comme M. Moréas et M. Jules Laforgue :

> Et les doux mots dont ell' sut me parler.
> N'embaum' plus la verveine.
> C'est l' printemps.
> Il en est jusqu'à quat' que l'on pourrait compter.

Voilà comment un système de prononciation engage un système d'orthographe, puis un système de versification, puis un catéchisme de poésie, — comme dernier corollaire du théorème décadent. Voilà les conséquences auxquelles l'école phonétiste de MM. Havet et Psichari doit habituer le gros public d'abord, puis, ce qui sera un peu plus malaisé, le public routinier et réactionnaire — des poètes, nourris jusqu'ici d'un pain taxé de moisi par Verlaine et consorts. Heureusement que les défenseurs de l'orthographe étymologique sont aussi nombreux que compétents; le gros public, le public lettré, le clan des érudits, soutient à une immense majorité la tradition; elle maintient l'écriture comme protectrice de la prononciation, de l'orthographe, de la langue. Au bout d'un débat passionné, M. Michel Bréal est venu, il y a trois ans, dans la *Revue des Deux-Mondes,* trancher le litige par un article magistral qui restera bien longtemps, espérons-le, le dernier mot sur la question.

CHAPITRE VIII

ONSIEUR J. PSICHARI n'est pas seulement un poète et un critique; c'est aussi un philosophe. Il a un culte pour les généralisations esthétiques, linguistiques, littéraires. Son article en est émaillé : je cite les principales.

Page 721 :

« Lamartine et Musset ne sont plus en honneur. »

« On ne reviendra plus à la poésie telle parmi nous... qu'elle se pratiquait avant eux. »

« Le naturalisme sera détrôné; aucun romancier pourtant n'écrira plus les *Trois Mousquetaires*. »

« Il est des vers qu'il n'est plus permis de faire. Il est des idées ou des sentiments qu'il n'est plus permis d'exprimer. »

Page 722 :

« Toutes les écoles, à leurs débuts, sont inintelligibles. »

« Un fait paraît acquis : c'est la ruine de la description na-
turaliste. On a compris que décrire c'était vouloir être imprécis.
Rien n'est susceptible de description. »

Page 727 :

« Les beaux vers sont toujours beaux, nous dit-on. Ce n'est
pas exact. Les vers ne sont jamais beaux, que parce qu'ils ne
ressemblent plus à ceux qui ont été faits. »

« Il n'y a plus ni vers, ni rhythme, ni mesure dans l'an-
cienne prosodie. Il n'y en aura que dans une poésie où il sera
tenu compte de la façon dont nous parlons tous. »

Nous nous bornons à citer. Une réponse en règle à tous
ces points réclamerait un article à part : celui-ci est assez long
déjà, et nous demanderions pardon au lecteur de l'avoir retenu,
peut-être ennuyé, si nous n'avions eu à cœur de nous enfoncer
dans une discussion qui met en jeu tout l'avenir du vers français, de la poésie nationale. Sur tous ces aphorismes, comme
sur le fond de cet article, je continuerai à être en opposition
catégorique avec M. Psichari : beaucoup des idées qu'il attaque
me sont particulièrement chères. Je lui fais grâce de mes objections, et je n'effleurerai que deux ou trois de ses thèses : sur
le Symbolisme, — sur la Caducité de l'alexandrin actuel, —
sur Musset et Lamartine.

M. Psichari malmène volontiers, dans l'école nouvelle, le
symbolisme et ses obscurités : je le trouve encore — et je suis
légion — furieusement indulgent pour les archaïsmes de
M. Moréas et les impropriétés de M. de Régnier. Pourquoi ne
dit-il point carrément aux symbolistes : « Votre principe, ne

pas tout dire, laisser beaucoup deviner, équivaut tout simplement à ceci : laisser travailler le lecteur, chômer l'écrivain. C'est le plus choquant des sophismes, car jamais on ne fera mieux travailler l'esprit du lecteur qu'en lui servant à remâcher des idées claires, ordonnées, digérées. C'est la gangue offerte comme bijou par un joaillier, la poudre d'or présentée comme monnaie par un changeur. C'est la plus radicale, la plus atroce, la plus folle des décadences; car l'écrivain qui ne se rend qu'à moitié compte de ce qu'il dit, commet une triple forfaiture contre sa conscience, contre la logique, contre la langue. C'est le plus mystifiant des galimatias doubles, et la prime d'encouragement la plus honteuse à la paresse de la pensée. »

« Il est des *vers* qu'il n'est plus permis de faire à personne. On ne reviendra plus à la poésie telle qu'elle se pratiquait *avant* eux (Lamartine et Musset). » — Ces deux noms sont, certes, romantiques au premier chef; pourtant, comme *facture*, rien ressemble-t-il plus au vers de Racine que l'alexandrin des *Méditations* et celui des *Nuits?*

Musset et Lamartine, moins difficiles que M. Psichari, n'ont pas rougi de reverser leur pensée romantique dans un moule qui se pratiquait, je crois, cent cinquante ans *avant eux.*

« Lamartine et Musset ne sont plus en honneur parmi nous. » — J'aime mieux écouter M. Taine qui proclame Musset « notre plus grand poète ». (La Fontaine et ses Fables.) C'est là, certes, une opinion exagérée et réfutable, mais soutenable; tandis que l'énormité de M. Psichari court très grand risque de n'être prêchée que dans le désert. A moins que M. Psichari ne donne à *nous* un sens spécial; *nous,* à savoir, ceux qui ne considèrent comme grands poètes, en ce siècle, que Hugo et Leconte de Lisle.

Si c'est là ce que par « *nous* » entend M. Psichari, qu'il me laisse lui citer l'aphorisme de Hans Richter, un grand chef d'orchestre, wagnérien à tous crins : « Il n'y a que trois hommes en musique : Bach, Beethoven, Wagner. » Pour mieux se rendre compte de la valeur de son assertion littéraire, je renvoie M. Psichari à tous les musiciens dignes de ce nom : ils lui diront ce qu'il faut penser de l'assertion musicale de Richter, assertion dont nous garantissons la parfaite authenticité.

CHAPITRE IX

N somme :
Barbarie dans la conception, le style, la grammaire;

Barbarie par le renversement radical des lois essentielles, des fonctions organiques du Vers français;

Barbarie par le recul de quatre siècles en arrière et par un saut dans le vide;

Barbarie par substitution de l'Anarchie révolutionnaire à l'Évolution lente et respectueuse :

Telles sont les conclusions que l'analyse nous autorise à prendre contre les Décadents.

La soi-disant « révolution en train de s'opérer autour de l'*e muet* » n'est, au bout du compte, qu'une négative fécondité de la médiocrité et de l'impuissance.

Non, cent fois, mille fois non! Le vers chanté par Ronsard, par Remy Belleau, par Malherbe, par Régnier, par Corneille, Racine et Molière, par Voltaire et Chénier, par Hugo, Lamartine et Musset, par Augier et Vigny, par Leconte de Lisle et Coppée, par Sully Prudhomme, Soulary, Heredia, par Pailleron et Richepin, — sans compter une myriade de brillants satellites, — non, ce vers-là n'est point Lazare descendu au tombeau; il n'a point besoin de résurrectioniste; il est bien vivant, bien portant, parfaitement robuste; il n'a nullement envie de mourir, tant il a conscience de l'immortalité de sa sève.

M. Psichari se traite « de vieux, de croque-mort ». Trop de modestie, en vérité! Rien de plus glorieux que ce titre de croque-mort; mais à condition que le fossoyeur sache bien à qui il creuse son trou. Qu'on ouvre une large, une énorme fosse, aussi énorme que les énormités des Décadents; qu'on y pousse leurs élucubrations avec les piles de volumes qui les consacrent; puis qu'on fasse flamber ces sauterelles perverses, prêtes à dévorer la moisson poétique de la France. Surtout... pas d'urne pour ces cendres-là!

« On n'attend plus que le poète », parait-il. Rassurons-nous. La France fera comme sœur Anne. Bien des siècles passeront avant qu'elle ne voie surgir ce nouveau Messie.

Achevé d'imprimer

le douze novembre mil huit cent quatre-vingt-quinze

PAR

ALPHONSE LEMERRE

25, RUE DES GRANDS-AUGUSTINS, 25

A PARIS

I. - 2463.

www.ingramcontent.com/pod-product-compliance
Lightning Source LLC
Chambersburg PA
CBHW061649180626
46818CB00003B/1025